Corbeille

DE

Rognures.

CE LIVRE A ÉTÉ TIRÉ A 40 EXEMPLAIRES,

savoir :

Un sur papier jaune fort, pour Monsieur
Ch. Nodier.

Un sur papier rose vif.

Un sur papier rose pâle.

Un sur papier pistache.

Un sur papier blanc fin.

Trois sur papier gris pâle.

Cinq sur papier coquille violet.

Cinq sur papier coquille jaune serin.

Dix sur papier coquille jaune d'or.

Douze sur papier vélin blanc superfin.

UNE

CORBEILLE

DE

ROGNURES,

OU

FEUILLETS ARRACHÉS D'UN LIVRE SANS TITRE.

Par M. Ch. Nodier.

TOURNAI.

—

MDCCCXXXVI.

Un jour, ou plutôt un soir, que je parcourais au coin du feu le Musée des Familles, l'idée me vint de faire un petit volume avec quelques pages délicieuses dont la plume de M. Ch. Nodier a enrichi cet intéressant recueil ; je pensais aux bibliothèques de quelques-uns de mes collègues de la société des Bibliophiles de Mons et de plusieurs autres amateurs de raretés bibliographiques.

Et voilà comment je me trouve, pour mes amis et pour moi, l'éditeur bénévole de ce petit livre qui ne se vend pas.

FRÉD. H.

Depuis que j'existe, et il y a malheureusement fort long-temps, je n'ai rien trouvé de plus récréatif, de plus profitable et de meilleur, que la conversation d'un bon homme qui a de l'esprit,

du goût , de l'instruction , une mémoire
bien fournie de faits curieux , et un peu
de penchant à la causerie; qui est di-
sert sans être étudié, abondant sans
être diffus , et qui fait volontiers part
de ses souvenirs à quelques amis pour
leur charmer les heures de la soirée.
S'il ne parle pas trop long-temps, s'il
n'affiche pas trop de savoir, s'il n'im-
pose pas l'attention , s'il ne s'offense
pas d'être interrompu, s'il prend plaisir à écouter à son tour, il réunit tous
les points qu'exige Horace, notre maître à tous, *miscuit utile dulci*.

Je n'aurois plus rien à souhaiter alors,
pour me compléter l'idéal d'une veil-
lée délicieuse , qu'un feu clair de sar-
ments qui pétillent sur la braise, une

poignée de châtaignes fraîches qui se
dorent sous la cendre, et une bouteille
de cidre ou de vin blanc doux qui fait
la ronde en écumant. Cependant, le
punch de mon vieil ami, M. Suard, n'y
gâteroit rien.

C'étoit M. Suard, par exemple, qui
troussoit galamment une piquante his-
toriette, et qui aromatisoit dans la per-
fection ce brûlant nectar d'Angleterre!
Il ne nous est plus permis de porter nos
vues si haut. Déjà de son temps la poli-
tesse académique avoit remplacé les
joies franches et rieuses de l'antique
simplicité. Il n'y a maintenant ni joie,
ni franchise, et il est plus difficile que
jamais de s'amuser en s'instruisant,
suivant l'agréable précepte de M. de
Cambrai.

⧫ VI ⧫

Autrefois les gens de lettres étoient fort rarement gens du monde. Ils recevoient fort peu et ne visitoient point, mais ils vivoient au milieu d'un petit cercle dont ils étoient entendus. C'étoit honneur et plaisir que d'occuper une des six chaises de M. Malherbe, et depuis ce fut gloire que d'être admis à une des mercuriales de M. Ménage. Les gens qui se soucioient peu d'étymologies et de grec avoient de quoi se dédommager dans les brillantes improvisations du facétieux Chapelle, ou La Chapelle, car c'étoit de ce village, sur la route de Saint-Denis, que le fils anonyme de M. Lullier, le maître aux comptes, avoit tiré son sobriquet seigneurial, parce qu'il s'y étoit laissé naître dans je ne sais quel taudis, je ne sais quel jour

VII

de l'an **1626**. Il suffisoit, pour l'entendre, de demander chopine chez Crénet, le cabaretier de la *Pomme de Pin*, en face de l'église de la Madeleine, au bout du pont Notre-Dame, et d'y attendre le moment de la verve et des bons contes. Oh! que les muses pincées de l'hôtel de Rambouillet s'y seroient trouvées mal à leur aise!

Je répète à regret qu'il ne faut plus y penser. Le seul entretien qui reste au rêveur casanier, c'est celui de ses vieux livres. Ainsi, à défaut d'une conversation impossible avec les honnêtes morts dont je viens de parler, nous avons du moins les *ana* qui nous les rendent encore présents, les *ana*, procès-verbaux naïfs de la science et de la bonhommie

VIII

des temps passés. J'ai toujours regretté la mode des *ana*, et je pense que beaucoup d'estimables songe-creux la regrettent comme moi. Quelle excellente lecture que la lecture des *ana!* Je n'en ai pas ouvert un seul sans me représenter là, au coin de mon feu ou du sien, Pierre Pithou en bonnet de nuit, Gabriel Naudé en pantoufles, Joseph Scaliger en robe de chambre, le président de Thou sans hermine, le cardinal du Perron sans barrette; et Dieu sait quelle attention je prête alors à ce flux de beaux souvenirs, de faits singuliers, de traits brillants d'érudition, qui découle facilement de leur mémoire; à ce jeu éblouissant de pensées qui anime leur parole, et que le choc de la discussion fait jaillir!

❧ IX ❧

Malheureusement, les *ana* ont un grand défaut pour la plupart des lecteurs. Ils sont par trop au-dessus des connoissances classiques de notre âge de perfectionnement indéfini. Nous avons appris tant de belles choses qu'il a fallu oublier tout ce que nos pères savoient; et, à vrai dire, ils savoient bien quelques doctes inutilités qu'il est permis d'ignorer, sans faire abnégation complète d'instruction et d'esprit. Enfants gâtés d'un siècle heureux, ils jouissoient d'assez de loisirs pour en perdre quelques-uns à des recherches de peu de valeur. Nous sommes plus pressés du temps. La civilisation a ses charges.

On ne peut donc plus compter les

ana au nombre des livres qui se lisent, mais on ne doit pas les dédaigner, quand on veut passer pour avoir quelque teinture des bonnes études et de l'histoire littéraire. Les *ana* ne formeront plus de pédants, parce que le pédantisme ne mène à rien de nos jours; mais les gens de goût n'en recueilleront pas vainement la fleur. J'en suis si persuadé que j'ai eu quelquefois envie de leur épargner la peine de cette investigation qui a son côté rebutant. Je voulois faire mon volume d'*ana*; et pourquoi ne le ferois-je pas maintenant, puisqu'aussi bien le voilà commencé? J'ai déjà touché en courant à deux ou trois anecdotes, et restitué au cabaret de la *Pomme de Pin* sa véritable position topographique, ce qui ne sera pas

❧ XI ❧

d'un foible intérêt pour la postérité. Qui m'empêcheroit de poursuivre ?

Hélas! ce sera vous, Madame, si vous voulez; car au moindre signe d'ennui, je jetterai ma corbeille de rognures par la fenêtre, et l'on n'en parlera plus.

Or, ceci me remet en mémoire un immense avantage des *ana* que j'oubliois tout-à-l'heure : on les laisse là quand on veut.

L

Il y a une étrange fatalité physique attachée aux poëtes qui ont fait école ou qui ont fait époque.

Homère étoit aveugle ;

ᗰᗷ XVI ᗷᗰ

Milton étoit aveugle ;

Macpherson n'a pas manqué de faire Ossian aveugle ;

Camoëns étoit borgne ;

Virgile étoit grèle, chétif, un peu contrefait ;

Pope, qui s'est inspiré du génie de Virgile dans ses belles idylles, étoit bossu ; il ressembloit à un point d'in-terrogation ;

Scarron, qui a travesti Virgile, étoit cul-de-jatte. C'est le polichinelle de l'épopée ;

Delille, qui nous a donné Virgile et

✥ XVII ✥

Milton françois, qui nous les a donnés un peu trop françois, étoit *privé* comme Milton *de la lumière du jour*, cela veut dire *aveugle*, mais Delille n'étoit certainement pas homme à dire *aveugle* sans périphrase.

Les grands remueurs de l'esprit humain chez les modernes ont été autrement disgraciés.

Byron, le Thyrthée de l'Italie et de la Grèce nouvelle, étoit boiteux comme le Thyrthée de la vieille Lacédémone ;

Walter Scott étoit boiteux comme Byron ;

Millevoye, qui auroit peut-être tenté

du nouveau, s'il n'avoit pas fait de si *bonnes études*, est mort classique et boiteux ;

M. Luce de Lancival étoit boiteux aussi, mais il n'a pas remué l'esprit humain.

Vous ne trouverez presque jamais un classique profès qui ne se plaigne de sa vue, pour ressembler à Homère, ni un romantique aux audacieuses paroles qui ne se soit cassé la jambe, soit en tombant des hauteurs de l'espace comme Icare, soit par tel autre accident plus vulgaire, pour ressembler à Byron. C'est ainsi que les capitaines d'Alexandre portoient la tête penchée sur l'épaule, et que tout le monde grasseyoit dans le salon d'Alcibiade.

☙ XIX ❧

Le premier des poètes lyriques de la révolution (il est peut être bon de vous avertir que je veux parler de Théodore Desòrgues) étoit plus bossu qu'Esope. La bosse de Théodore Desorgues n'a pas fait fortune. Les lyriques de nos jours se soucient très-médiocrement d'être bossus.

Quant à Desorgues, il refusa son noble encens à Napoléon, qui le traita en conséquence ; et, aussi sain d'esprit que peut l'être un poète lyrique, il mourut à Charenton.

II.

C'EST un sot besoin de l'homme vulgaire que celui de trouver des foi-
blesses, des bizarreries et des ridicules
dans le grand homme, mais nous sommes tous plus ou moins hommes en

ce point. Nous ne pardonnerions pas au
génie de porter sa tête si haut dans le
ciel, s'il ne tenoit à la terre par les
pieds , et Dieu sait alors avec quelle
sollicitude nous nous attachons aux
moindres défauts dans ce qui tombe
sous nos yeux de ce géant inaccessible.
Seulement il nous est défendu , comme
au cordonnier dont il est question dans
l'histoire d'Appelle ou de Parrhasius ,
d'aller plus haut que la chaussure.

Qui croiroit qu'Epaminondas prit
plaisir à chanter dans les fêtes de village? Il y a loin de ces rondes de Béo-
tiens aux champs de bataille de Leuctres
et de Mantinée.

Dans ces deux hommes qui s'amusent

XXV

à faire des ricochets sur la mer, avec de petits cailloux, qui reconnoîtroit Scipion et Lélius, nonchalamment et puérilement baguenaudant, dit Montaigne, pendant que le potage cuit, dit Horace? Il y a loin aussi de ces divertissements aux victoires d'Afrique et aux comédies de Térence.

Je comprends très-bien Agésilas et Henri IV chevauchant sur un bâton pour amuser leurs enfants, et je ne comprendrois même pas le contraire. Pour être un roi et même un grand roi, on n'en est pas moins capable de se souvenir quelquefois qu'on est père.

Mais je voudrois bien savoir où avoit l'esprit ce pauvre Jean, roi de Chypre,

❧ XXVI ❧

qùi ne fit presque autre chose durant
son règne que de dévider de la laine !

On pardonneroit volontiers à Charles IX le plaisir qu'il prenoit à composer
des vers et à ferrer des chevaux, s'il
n'avoit fait que cela. Son affection pour
ses fameux chiens *greffiers*, au dernier
desquels il eut peine à survivre, ne
marque qu'un bon naturel ; mais la St.-
Barthélemy gâte tout.

Chez deux de nos rois contemporains,
dont l'un aimoit à forger des serrures
et l'autre à vendre le poisson de sa pê-
che, il n'y avoit peut-être que philosophie. Les rois n'ont pas grand'chose à
faire de mieux quand les peuples sont
les maîtres.

❧ XXVII ❧

Auguste montra tant de regret de la perte d'une caille qu'il avoit élevée qu'on ne l'auroit pas vu plus triste s'il eût perdu la bataille d'Actium ; et Honorius fût si sensible à la mort d'une poule, nommée *Roma*, qu'il auroit volontiers donné Rome elle-même pour la racheter ; mais Alaric l'avoit déjà prise.

Tout le monde connoît l'antipathie hostile de Domitien pour les mouches. Elle est au moins plus facile à concevoir que celle du chancelier Bâcon pour les roses. Passe encore si Bâcon avoit pu lire les vers coquets et parfumés du dix-huitième siècle. Il y a de quoi rendre les roses odieuses à tout jamais.

Alexandre Sévère, qui fit dans son

❧ XXVIII ❧

Panthéon privé une si belle collection de Dieux exotiques et qui les choisit parmi les sages, connoissoit une jouissance plus vive encore et plus difficile à expliquer. C'étoit de faire combattre des chiens barbets contre de petits pourceaux. Buffon, qui aimoit tant les petits pourceaux noirs, ne s'en seroit pas avisé.

Après cela, trouvez mauvais avec les beaux esprits de la fronde, que Mazarin se soit pris d'affection pour un singe, comme si on n'avoit jamais vu de ministres qui plaçassent plus mal leurs bienfaits.

Encore vaut-il mieux caresser un singe, comme faisoit Mazarin, que de

⚜ XXIX ⚜

cribler ses domestiques des balles d'une sarbacane, comme avoit fait Richelieu.

Gustave-Adolphe, le grand Gustave-Adolphe, étoit plus traitable pour ses pages. Il jouoit à colin-maillard avec eux, pendant que Tilly et Pappenheim lui tailloient une glorieuse besogne dans la plaine de Breitenfeld.

Je crois tenir ce fait de l'illustre Bayle, qui savoit se mettre, comme Gustave, au-dessus des stupides mépris du vulgaire, et qu'on vit souvent arrêté pendant deux heures devant la loge nomade des marionnettes.

Je n'ai point d'objection contre les divertissements de Bayle, moi qui aban-

...

❧ XXX ❧

donnerois bien vite la page commencée,
si j'entendois grincer, dans la rue de
Sully, la *pratique* aigre, criarde et ré-
jouissante de madame Gigogne, quoique
j'en sois un peu rebuté depuis qu'elle
a pris des chats pour comparses ; mais
il ne faut pas disputer des goûts, sur-
tout quand on n'a pas reçu d'un autre
genre de renommée le privilège des
goûts bizarres. Les chats, et quels chats,
grand Dieu ! faisoient les délices de
Crébillon, qui fut, de par madame
de Pompadour, l'émule heureux de
Voltaire.

Voltaire, c'est autre chose. On n'a
pas dit qu'il aimât les chats, quoiqu'il
eût avec eux plus d'un trait de sympa-
thie. Son cœur de fer ne s'est jamais

❧ XXXI ❧

amolli qu'en faveur de deux sottes créatures du genre animal, un grand vilain aigle des Alpes encore plus maigre que son maître, et la petite Pampette Dunoyer, qui ne manquoit pas d'embonpoint, mais c'étoit tout.

Il y a des hommes dans lesquels la fausse vocation d'un talent étranger à leur talent peut passer pour une manie, comme celle de Voltaire lui-même pour la comédie, de Boileau pour l'ode, de Chapelain pour l'épopée, de Girodet pour la musique, et de Grétry pour la philosophie. On ne parleroit pas de Cicéron, s'il s'étoit obstiné à faire des vers.

Ceci soit dit sans affront pour les jolis dessins du *maestro* Chérubini.

III.

LA nature de l'homme est si essentiel-
lement double qu'il s'en aperçoit
incessamment à l'exercice de ses facultés.
Les opérations du corps sont troublées
par l'esprit; celles de l'esprit par le

XXXVI

corps. L'équilibre de ces deux puissances est presque impossible à maintenir. Il est rompu dans la brute, qui n'a qu'une vie matérielle, et dans le fou, qui n'a pour ainsi dire qu'une vie imaginative. Le fou ne diffère guère du philosophe contemplatif et du poète inspiré que par l'impossibilité de rétablir quelquefois l'équilibre de la vie imaginative et de la vie matérielle. Ce qui n'est qu'une crise pour les deux autres est pour lui un état.

Je conjecture que l'instant où un homme de génie conçoit et produit extemporanément, sa conception doit être une espèce d'extase dans laquelle la vie matérielle s'anéantit. L'homme d'une moindre portée intellectuelle,

ou d'une organisation physique plus
active, ne parvient à fixer son esprit
qu'en donnant à son corps une distrac-
tion laborieuse. Il y a même des exem-
ples qui prouvent que l'organe complet
de la faculté intelligente ne sauroit être
persistant dans les ames les plus éner-
giques, si elles n'avisent à occuper les
autres organes ailleurs.

Plutarque dit que Pompée se grat-
toit continuellement le front du petit
doigt.

Cicéron avoit la disgrâcieuse habi-
tude de se rincer les narines avec l'in-
dex. Un autre orateur du même temps
plaidoit debout sur une seule jambe, ce
qui le fit surnommer la *Cigogne*.

❧ XXXVIII ❧

Mirabeau rebroussoit sur son front les touffes de ses cheveux épais, ou froissoit violemment les larges plis de son jabot.

Vergniaud agitoit sans relâche les breloques sonores de sa montre.

Robespierre jouoit des deux mains sur la planche de la tribune comme au clavier d'un piano.

La plupart des poëtes se rognent les ongles avec les dents jusqu'au vif.

La plupart des avocats bondissent sur eux-mêmes ou se dandinent mollement.

❧ XXXIX ❧

Je ne sais plus lequel des deux Grac-
chus se faisoit suivre au *forum* par un
joueur de flûte, qui entretenoit ses
improvisations dans la mesure et dans
le ton qu'il s'étoit prescrit, comme nous
voyons les jongleurs de l'Inde exécuter,
au bruit d'une musique monotone, les
artifices merveilleux d'équilibre dont la
diversion la plus légère leur feroit perdre l'indispensable précision. Ceux-ci
agissent à l'inverse de l'orateur romain,
qui employoit à absorber l'attention
physique le moyen dont ils se servent
pour concentrer l'action morale, et en
réprimer les écarts.

Les modernes ont fait un grand abus
des stimulants enivrants et olfactoires,
qui ont tué plus d'un beau génie et

❧ XL ❧

qui n'en ont pas inspiré un seul.

Les liqueurs fermentées sont narco‑
tiques et abrutissantes;

Le café dissipe les esprits plus qu'il
ne les anime;

Le tabac est maussade et stupéfiant;

L'opium exerce vivement la faculté
de penser, mais il l'épuise en chimères.
C'est une véritable stupration de soi‑
même qui n'aboutit qu'à des voluptés
stériles; une ivresse qui donne la mort,
et qui ne donne pas le talent.

Le trop fécond Mercier disoit, comme
le fécond Mézeray, qu'il ne sauroit écri‑

≫≷ XLI ≶≪

re une page entière sans faire boire une bouteille de vin à *sa bête*.

Daniel Hensius en buvoit deux à l'imitation du vieux poète Ennius.

L'ingénieux Béronicius, de son métier ramoneur de cheminées et repasseur de couteaux, qui fut le roi du burlesque en latin, ne comptoit pas les bouteilles : il buvoit toujours.

La muse de Sheridan n'étoit pas moins altérée ; le Porto fut son Hyppocrène.

Sénancour recommande de rouler sous les dents des petits cailloux ou des graines très-réfractaires.

XLII

L'auteur de *Rhadamiste* ne travailloit qu'au milieu d'une troupe de ma-
tous, dont les mouvements importuns
le forçoient à user son activité corpo-
relle sur l'action compliquée de flatter
ou de repousser.

Le Pline françois s'habilloit avec une
grande magnificence, pour s'imposer
la retenue et la dignité modeste d'un
homme de cour placé sous les yeux des
rois, et dont la pensée ne se plie qu'à
des formes graves et pompeuses d'élo-
cution.

On en a vu d'autres se soumettre à de
grandes incommodités, comme Cujas,
qui travailloit couché à terre sur le ven-
tre, au milieu de ses livres, parce que

cette posture gênante matoit son corps
au point de rendre son intelligence plus
libre.

Montesquieu , plongé dans son fau-
teuil, se servoit de sa jambe comme
d'un bélier contre la maçonnerie de sa
cheminée, qui conserve les marques de
ses rudes atteintes.

J'ai entendu dire qu'un de nos écri-
vains les plus élégants s'exhaussoit sur
une chaise géante à laquelle on ne peut
parvenir sans échelle, et qu'un de nos
plus habiles antiquaires s'accroupissoit,
pour composer, sur un siège de lil-
liputien , qui lui permet à peine d'at-
teindre des yeux à la hauteur de son
pupitre.

❧ XLIV ❧

Byron s'est chanté presque tous ses beaux vers sur un cheval poussé au galop comme celui de Mazeppa.

Je connois un poète qui saisit entre ses lèvres l'extrémité d'un fil roulé en petit peloton, et qui le fait passer plus ou moins lentement dans sa bouche. Quand le peloton y est tout entier, la strophe est faite.

Les auteurs descriptifs conviennent volontiers qu'ils n'ont jamais écrit une description en présence de la nature, l'action des sens absorbant alors la pensée; et ceci rappelle à tout le monde un fait assez remarquable : c'est que les peintres les plus parfaits de la création avoient cessé de la voir.

 XLV

Pauvre animal que l'homme ! Pauvre
homme que le grand homme !

••••

IV.

COMME il n'y a point de bonheur absolu pour l'homme, il ne peut juger du bonheur que par comparaison. Ceux qui ont à satiété de ce qui manque à ses désirs lui paroissent heureux, et il se trompe grossièrement. Tous les hommes sont aussi heureux, ou, si l'on veut, aussi malheureux les uns que les autres. Un homme sain qui n'a point de tempérance est plus malade que les malades. Un homme riche qui n'a point de frein dans sa cupidité est plus pauvre que les pauvres.

Ajoutez à cela que le bonheur relatif qui nous éblouit rend les passions plus exigeantes.

Alexandre veut un autre monde à conquérir, et le thésauriseur a besoin d'une pièce d'or. Le nombre de ses pièces d'or surpasseroit celui des grains de sable de la mer, que la pièce d'or dont ce pauvre homme a besoin n'y seroit pas.

❧ LI ❧

Une feuille de rose repliée dans la couche de Smindiride, le sybarite, est plus importune pour lui qu'une épine pour Epictète ou un charbon pour Guatimozin.

Crésus a peut-être souffert plus de privations que Tristan-l'Hermite

Qui mourut sur un coffre en attendant son maître.

Il n'y a rien d'aussi odieux que l'envie ; il n'y a rien d'aussi stupide.

Qui ne voudroit être en admiration aux sages, comme Platon ? Cependant Platon n'osoit se montrer dans la ville, les enfants se moquant de lui, parce

≫⁂ LII ⁂≪

qu'il avoit les épaules trop larges; et,
je me trompe fort, ou nous ne le con-
noissons plus que sous le sobriquet que
lui donna la canaille.

Qui ne voudroit imposer des lois à
une nation, comme Lycurgue? Cependant Lycurgue étoit en dérision à son
peuple, parce qu'il étoit borgne, dans
un pays où la recommandation corpo-
relle passoit avant toutes choses, et il
portoit la tête penchée sur l'estomac
pour n'être pas reconnu.

Qui ne voudroit prendre possession
de ce monde nouveau, si désiré
d'Alexandre, et en disposer comme
Fernand-Cortez? Cependant Fernand-
Cortez qui avoit conquis tant de royau-

LIII

mes, faillit mourir de faim dans la rue.

Qui ne voudroit être opulent et par conséquent heureux comme un roi? C'est la sotte expression du vulgaire. Pour ne pas sortir de l'histoire de France, je suppose que ce n'est pas comme Charles VI, à qui on ne donnoit du linge blanc que tous les trois mois.

Seroit-ce comme Charles VII, qui ne put obtenir crédit d'un cordonnier de Bourges, et qui fut obligé de lui rendre les bottes qu'il avoit aux jambes, à défaut d'argent pour les payer?

Seroit-ce comme Louis XI, qui faisoit mettre des manches neuves à son vieux

LIV

pourpoint, et qui envoyoit, ainsi que Grégoire XIII, ses chausses de trois ans à rapetasser?

Seroit-ce comme Charles VIII, qui laissa les principaux officiers de sa cour en gage, et Philippe de Commines avec eux, chez un marchand de Lyon, pour faire le voyage de Naples dont il alloit joindre la couronne à sa couronne de France?

(Oh! je serois bien curieux de savoir ce que l'on prêteroit aujourd'hui sur Philippe de Commines!)

Seroit-ce comme Henri IV, qui écrivoit à Sully devant Amiens : *Je vous veux bien dire l'estat où je me trouve*

LV

réduit, qui est tel que je suis fort pro-
che des ennemis, et n'ay quasi pas un
cheual sur lequel je puisse combattre,
ny un harnois complet que je puisse
endosser ; mes chemises sont toutes
déchirées, mes pourpoints trouez au
coude, ma marmite est souuent renuer-
sée, et, depuis deux jours, je disne et
soupe chez les uns et les autres, mes
pouruoyeurs disant n'auoir plus eu
moyen de rien fournir pour ma table,
d'autant qu'il y a plus de six mois
qu'ils n'ont reçu d'argent ?....

Seroit-ce comme Louis XIV lui-même,
qui souffrit plus d'une fois de la faim
dans son château de Saint-Germain, et
qui en seroit peut-être mort sans le
dévoûment pieux d'un domestique ?

❧ LVI ☙

Croyez-vous que ces gens-là n'ont pas enduré la misère avec une plus douloureuse impatience que Diogène le cynique et Irus le mendiant ?

Quant aux rois du génie, toutes les histoires vous en diront des nouvelles :

C'est Homère chassé de Cumes comme vagabond.

C'est Sophocle presque interdit à Athènes comme imbécile.

C'est le Tasse garotté dans un cachot ou languissant dans un hôpital.

C'est Rousseau copiant de la musique pour avoir du pain.

❧ LVII ❧

Quelle pitié que la grandeur !

Quelle pitié que la fortune !

Quelle pitié que la gloire !

L'homme heureux, s'il existe quelque part, mais je me garderois bien
de l'affirmer, c'est l'homme qui prend
la vie comme elle est, qui s'arrange
des jours comme ils viennent, et qui
se contente de son état.

FIN.

Noms cités dans ce Livre.

AGÉSILAS.
ALARIC.
ALCIBIADE.
ALEXANDRE.
ALEXANDRE-SÉVÈRE.
APPELLE.
AUGUSTE.
BACON.
BAYLE.
BÉRONICIUS.
BOILEAU.
BUFFON.
BYRON.

ij

iij

•••••

v

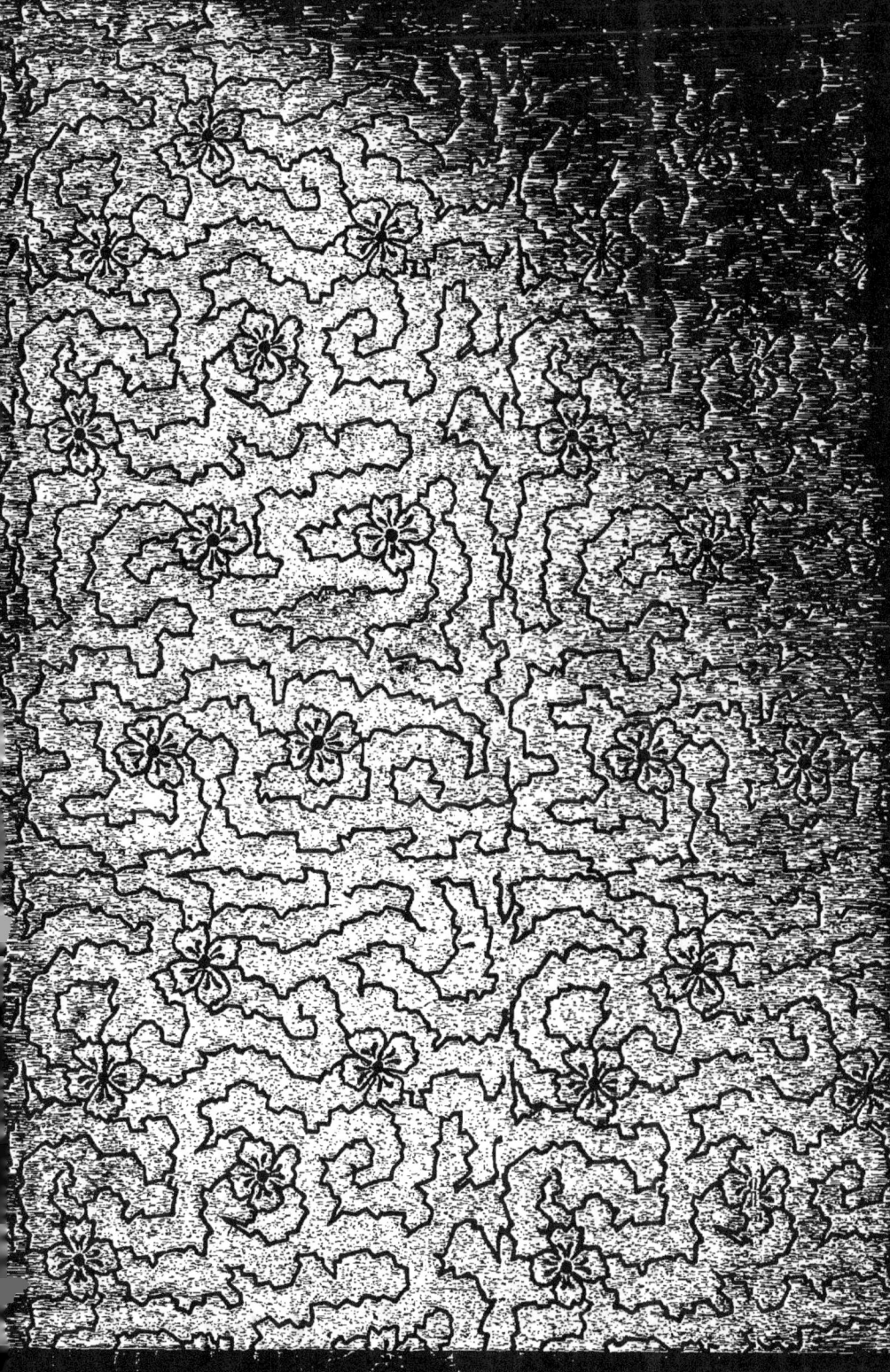

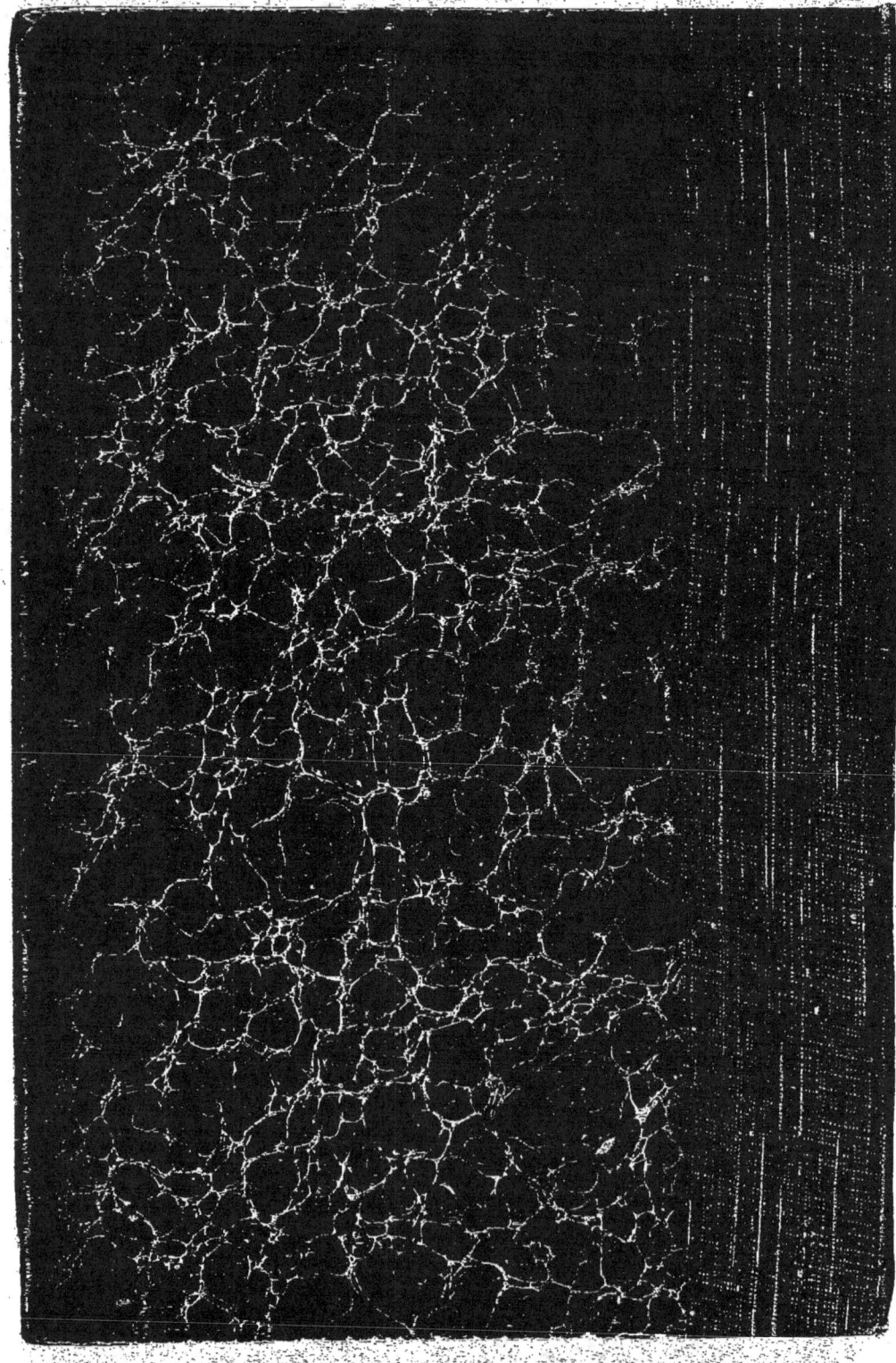

www.ingramcontent.com/pod-product-compliance
Lightning Source LLC
Chambersburg PA
CBHW070814260626
47161CB00006B/2271